# ESSAI

## DE

# Prosodie Française

(Vers sans rime)

PAR

# P. JEAN-DUPRÉ

PRIX : 1 Franc

**PARIS**

TH. J. PLANGE, ÉDITEUR

14, rue Chauvau-Lagarde

1904

# ESSAI

DE

# Prosodie Française

(Vers sans rime)

PAR

## P. JEAN-DUPRÉ

PRIX : 1 Franc

**PARIS**

Th. J. PLANGE, Editeur

14, rue Chauvau-Lagarde

1904

# AMI LECTEUR,

Ce modeste opuscule s'adresse surtout à ceux qui aiment l'art pour l'art et qui ne comprennent que l'art soumis à des lois pour en corriger les élans. Ceux-là ne se l'imaginent pas semblable à un cheval sauvage qui rue, mord et se cabre à tout venant. Pégase n'est-il pas plutôt un fier coursier qu'une main adroite flatte et dompte ?

Ce n'est pas une révolution que je prétends faire jaillir de ces feuillets ; elle existe déjà dans notre littérature. Je ne fais qu'indiquer une route à un mouvement qui se dessine, et dont tu as sans doute applaudi les essais dans l'opéra-comique de « Louise », la prose cadencée. Tu connais la prose poétique de Chateaubriand ; de ce genre à la métrique blanche, il n'y avait qu'un pas. Pourquoi ne l'at-on pas franchi plus tôt ? par pure routine. Il en est du vers sans rime comme de l'épopée. Quelqu'un ayant dit, dans un moment d'humeur, que les Français n'avaient pas la tête épique, on a oublié les Chansons de Gestes, les Romans et les Fabliaux pour faire chorus avec ce bel esprit et ne pas écrire d'épopée. Nous sommes ainsi faits, et pourtant, contraste singulier, nous aimons la nouveauté.

Le vers français en est arrivé à un point où il n'a plus rien à perdre, ni à gagner du reste, et la rime déroge souvent tant soit peu. Décadence ? Point. Le vice ne réside pas dans les écrivains mais dans les lecteurs : ils sont paresseux, ou mieux ils jouent au pressé. Ils n'ont pas le temps de lire, et pour la plupart, une pièce de vers ne consiste qu'en des séries de mots mises à la ligne pour une raison ou pour une autre, mais qu'ils n'approfondissent pas. Ils ne se figurent pas qu'on doive lire une poésie autrement qu'un article de journal.

Qui donc nous débarrassera de cette manie exotique ? Qui donc nous fera redevenir vraiment français ? Quand donc aurons-nous le courage de laisser leur toquade, une bonne fois pour toutes, à ceux qui nous en gratifient si généreusement ? « Le temps, c'est de l'argent », je n'en disconviens pas, mais tes aïeux ont-ils eu une vie plus longue que la nôtre, ont-ils rencontré moins de difficultés dans le cours de leur existence ? Pourtant, si j'en crois l'Histoire, la vie ne se montra guères bonne mère pour eux. Ils ont eu leurs tourments et leurs chagrins, leurs plaisirs et leurs joies ; nous, nous avons les nôtres et, somme toute, cela se balance : leur époque ne valut ni mieux ni pis que celle où nous sommes. Mais ils avaient la foi ; mets-la dans la religion, mets-la dans le pays, c'est toujours la foi, c'est-à-dire cette volonté positive qui veut parvenir à un but : le triomphe et la grandeur ou de la religion ou du pays. Avec leur foi, ils ont pris leurs peines en patience, le temps n'a plus compté et, sûrs d'être compris et continués, ils ont laissé des merveilles que nous admirons ; qu'elles soient grecques, latines ou françaises, païennes ou chrétiennes, ce sont toujours des œuvres de foi et, malgré toutes les dissertations et toutes les recherches, ce sera toujours le premier et le plus intense sentiment qui s'en dégagera. Et nous ? nous n'avons plus de foi ; nous ne croyons à rien, nous n'espérons rien ; notre regard est borné au jambage de notre porte, ou aux ais de notre bureau, ou au grillage de notre caisse. Nous ne pensons pas qu'on puisse penser. Penser ? Allons donc ; est-ce que cela rapporte ? la poésie ? Et pourtant..... Je me souviens d'avoir entendu dire à une dame qu'il fallait protéger cette folle (la poésie), car sans elle la vie ne serait pas tenable.

Elle est donc utile aussi ? Mais les objets qui l'occupent ne sont que des contes bleus tout au plus propres à bercer les enfants. En es-tu bien sûr ? Il te semble seulement. Il n'y a pas que des mots, des rhythmes ou des rimes dans les œuvres des poètes, il y a autre chose plus profond, sans doute délayé ou répété sous différentes formes, autre chose qui se glisse en nous, nous imprègne et nous imbibe, et ce d'autant plus que la forme en aura été plus soignée. Jusqu'ici le retour d'un même son a aidé à graver dans notre mémoire les enseignements des Muses, pourquoi donc qu'une cadence précise et harmonieuse n'y parviendrait pas également ? Parce que d'autres avant moi ont été malheureux dans des tentatives analogues, s'ensuit-il que je doive l'être ? Et puis est-ce la même route que nous suivons ? Non : ils ont voulu faire de la métrique grecque et latine, ce qui n'est pas pratique avec notre langue. Ce que je propose, c'est une métrique à la mode anglaise et allemande, je pourrais dire presque universelle, c'est-à-dire basée sur l'accent tonique. Il n'est pas neuf, ce procédé ; il est en toutes lettres dans Malherbe, Boileau, Racine, Corneille et autres qui furent soucieux de l'harmonie. Voltaire dit bien que le vers blanc ou sans rime est impossible en français ; mais Voltaire prêchait pour son saint et du reste le respectable vieillard de Ferney n'a pas toujours brillé par les convictions.

Ce que je te présente ici, ami lecteur, est donc un essai de cette poésie métrée et sans rime. J'en ai écrit un assez long morceau où il ne faut guères voir autre chose que des mètres dans une fable inventée à plaisir, pour prouver que le français se plie à ma méthode ; j'y ai joint des morceaux lyriques pour indiquer les variations qu'on peut apporter au rhythme. Quant aux lois, je me suis contenté d'en donner un aperçu court et suffisant pour permettre à qui voudra m'imiter de le faire sans avoir recours à d'autres leçons. Apprends les règles que je formule, réfléchis, saisis la plume et essaie toi-même. Dame, cette langue veut être plus châtiée que lorsqu'on se sert de la rime ; le masque de cette illusion a disparu et la Poésie doit ici faire étalage de tous ses joyaux. On ne sera plus poète à bon marché, il faudra savoir et savoir lire sa langue. L'on finira sans doute par en avoir plus soin et on ne laissera plus s'y faufiler un tas de mots nouveaux autant que barbares, ni un ramassis d'expressions fleurant le ruisseau.

Le grand et le beau, le noble et le généreux, ne sont pas morts en France. Ma tentative n'a rien d'insensé ; c'est évidemment une œuvre de jeunesse, mais mûrie et étudiée de longue main et que je présente complète. L'avenir seul me répondra, et, soit dit sans présomption, j'ai confiance en lui.

P. JEAN-DUPRÉ.

Octobre 1903.

# NOTE SUCCINCTE

RELATIVE A LA MÉTRIQUE DE LA PROSODIE FRANÇAISE

Voici en peu de mots les observations qui ont donné lieu à la théorie de la métrique ici adoptée :

Toute langue parlée possède deux accents : l'accent quantitatif et l'accent tonique.

L'accent quantitatif est celui qui consiste en la prononciation ou prolongée ou abrégée de certaines syllabes.

L'accent tonique est une élévation de la voix se produisant sur une syllabe déterminée d'un mot ou d'une suite de mots.

L'accent quantitatif, par suite de la superposition des formations de la langue française, est fort capricieux et peu maniable, tandis que l'accent tonique, soumis à des lois absolues, offre beaucoup plus de ressources.

*L'accent tonique se place toujours sur la dernière syllabe, lorsque celle-ci est pleine ou masculine et sur la pénultième lorsque sa suivante est à terminaison féminine. En outre, il existe un accent interne, moins prononcé que le premier, mais réel ; il se trouve devant une syllabe muette, devant une diphtongue dissyllabe et quelquefois devant une consonne redoublée. Deux accents toniques ne se suivent jamais.*

Je ne parlerai que pour mémoire des déplacements d'accent tonique servant à donner plus d'énergie à l'expression ; ceci rentre dans l'art de l'écrivain.

La poésie française marche par anapestes et par iambes.

Les pieds commençant par une longue ou syllabe accentuée, comme les dactyles et les trochées, sont d'un emploi difficultueux et se soutiennent peu ; ils ne peuvent prétendre qu'à des effets voulus.

Il en est de même des spondées qui sont fort rares.

Le plus majestueux des pieds est l'*anapeste* ($\smile \smile -$) ; il rentre véritablement dans le génie de la langue ; il donne à la fois l'aisance et la gravité et en conséquence m'a servi à constituer le *vers épique*. Celui-ci se compose de *quatre anapestes suivis d'un ïambe,* avec césure après le deuxième pied. Les deux derniers pieds sont forcés et forment la chute du vers. Les substitutions qui peuvent intervenir sont indiquées à la fin du morceau ci-joint en faisant observer qu'elles ne portent le plus souvent que sur le premier hémistiche.

Le *mètre dramatique* est composé de *cinq ïambes suivis d'un anapeste,* césure après le troisième pied, et les deux derniers pieds invariables. La scène également jointe montre les substitutions.

Remarque : La césure en tout et pour tout est obligatoire et doit tomber après une longue, la muette suivant s'élidant comme dans les alexandrins ordinaires.

Quant aux *mètres lyriques,* je me sers ici des principaux dont, du reste, j'indique la mesure par après. J'établis comme premier principe qu'ils n'admettent aucune substitution. Dans les mètres de quatre pieds et au-dessous, la césure est facultative ; mais au-dessus elle devient obligatoire.

L'usage seul apprendra quelles seront les formes les plus appréciées.

Telles sont les règles simples qui ont présidé à la création de ce système et sur lesquelles je prends la liberté d'appeler la bienveillante attention de tous les Français soucieux de la prospérité et de l'éclat de leur littérature nationale.

# POÉSIE ÉPIQUE

## La Guêpe.

Redis-moi, Muse aimable, en des vers captivant ma blonde
Les tourments dont l'amour d'une guêpe assaillit le cœur.
Sur la tige d'un lys une guêpe s'était posée :
Les Zéphirs printaniers de caresses frôlaient la plante,
Et les Rêves légers regagnant leurs palais célestes
S'attardaient paresseux aux baisers parfumés de l'Aube.
Une abeille éveillée et déjà butinant son miel,
Des boutons neuf éclos assiégeait les prisons soyeuses ;
De la rose à l'œillet, de la menthe à la primevère,
Du muguet au pêcher, son caprice guidait son vol,
Quand soudain près du lys son élan étourdi l'emporte,
Sur le bord du calice aux ardeurs du soleil béant
La dépose. A sa vue aussitôt tressaillit la guêpe,
Et, d'un trouble ignoré devenant l'innocente proie,
D'un essor hésitant n'osa plus déchirer les airs.
Mais bientôt surmontant l'embarras qui sa langue noue,
D'une voix faible encore elle dit à la blonde ailée :
« Vigilante étrangère et que l'Aube sitôt appelle
» Vers les fleurs que Morphée en ses pâles brouillards enchâsse,
» Près du lys où je suis quel Destin a conduit ton vol ?
» D'où viens-tu ? Quel rocher sous son dais raboteux de pierre,
» Ou quel tronc rabougri dont les ans ont rongé la moelle,
» Abrita ta fatigue et protège tes longs travaux ?
» Ou les hommes gourmands, à tes soins pour ravir ton miel,

» D'un manteau de bonté recouvrant leur scélératesse,
» D'un tranquille réduit sur les bords de lointaines ondes,
» Entouré d'arbrisseaux et fleurant serpolet et thym,
» Loin du bruit, loin des vents, loin du froid qui retient nos ailes,
» T'auraient-ils enrichie ? Et des ruches la paille tiède
» Enclot-elle les œufs que la reine aux rayons confie ?
» Réponds-moi, blonde avette ; à ma voix tu demeures sourde ;
» Est-ce trouble ? est-ce ennui ? Si tu crains que de vains mensonges
» Ne séduisent tantôt et ton cœur et ta confiance,
» J'ai pour nom Myaphonte et ma mère commande aux Guêpes.
» Vois mes ailes, mon dard, le corset qui contient ma taille,
» Tout est fait pour la guerre ; aux batailles mon âme est faite.
» Mais que cet appareil dont Bellone revêt mes flancs
» Ne t'inspire d'effroi : ses travaux chaque temps exige.
» Dans mon cœur sanguinaire il n'est point que sanglants instincts,
» Et l'Amour triomphant des barrières de nos cuirasses
» Sait trouver les défauts. Si je reste, d'un mot avide,
» Si je reste priant le silence obstiné qui lie
» Ton essor indécis et retient tes antennes fixes,
» C'est qu'un Dieu plus puissant a dompté mes ardeurs guerrières ;
» Qu'en mon sein encor neuf sont entrés des désirs nouveaux
» Et qu'un rêve charmant vient d'y luire à ta seule vue,
» C'est, Abeille mignonne, étrangère au corsage d'or,
« Que je t'aime. »

        A ces mots Myaphonte anxieux se tait.
L'espérance et la crainte enfièvrant son tourment naissant,
Son audace l'étonne et son doute muet l'effraie.
Mais l'abeille aussitôt en son sein comprimant le trouble
Qui le gonfle, irritée et pourtant doucement émue :
« D'un aveu spontané que les Dieux soient les sûrs garants,
» Répond-elle, le Ciel de propos messagers d'ennuis
» Soit témoin ; que Phébus, étranger si présomptueux,
» Sur l'Hymette t'entende et qu'il lise en ton cœur rusé !

» Point ne suis une abeille aux pénibles labeurs vouée ;
» Je butine, il est vrai ; mon butin dans nos alvéoles
» Verse aussi chaque jour son tribut d'odorants parfums ;
» Je parcours les jardins, je franchis les ruisseaux grondants ;
» La première dès l'aube au corsage embaumé de Flore
» J'aime à boire des Nuits la rosée enivrante et fraîche.
» Et quand l'astre du jour sur le dôme éthéré s'élève
» Non contrainte en mon vol, je m'en vais où mon vol m'emporte.
» Léélate est ma mère. »
      Elle dit, et d'un geste prompt
Sur ses pattes tournant, elle va déployer ses ailes.
Myaphonte la voit : le chagrin en son cœur se glisse,
De ses yeux attristés il la suit retenant ses pleurs.
Tel l'amant inquiet qu'une longue constance éprouve,
Qui d'espoirs fugitifs nourrissant ses timides rêves,
Craint de voir tout à coup sur la foi d'un regard distrait
S'écrouler sans retour les projets qu'en le même instant
Evoquait sa candeur et que rompt le hasard perfide ;
Il prend peur, il s'irrite, il s'insurge en son impuissance,
Aux contraires partis, aux extrêmes il s'abandonne,
N'écoutant de conseils que ceux-là que la passion
Lui suggère ; il décide, il défait pour sitôt refaire,
Quand sans force, épuisé, s'écrasant de son propre poids
Sur lui-même il retombe et remet sur son piédestal
L'idole qu'il foula, se prosterne et la prie encor.
« Noble abeille, pourquoi me jeter ces paroles fières
» Comme si mon audace imprudente t'avait blessée ?
» Ou bien n'est-ce que ruse ? Aussi prompte à me voir rusé
» Ne feins-tu le courroux pour me prendre en des lacs trompeurs ?
» Je suis  guêpe, je suis sanguinaire, je suis cruelle,
» Je combats, je détruis, de rapines ma vie est faite ;
» Où je passe, le sol de cent corps mutilés se couvre,
» Et mon vol en les airs ne traça qu'un sillon d'horreur,

» Ainsi veulent les Dieux, sous leur loi nous courbons nos fronts,
» La pitié dans mon cœur n'entre point, mais je suis sincère. »
A ces mots qu'a soudain aiguisés le dépit jaloux,
La fille de l'Hybla sur ses tarses bronzés se dresse
Et sans soin de l'aveu laisse fuir ces charmants discours :
« Si d'honnêtes aveux, nobles fils d'un courroux trop prompt
» Nous décèlent un cœur inhabile dans l'art de feindre,.
» Je vous crois. Si l'ardeur de venger l'inutile outrage
» Qu'insultant vos serments vous a fait mon funeste orgueil,
» Je vous crois. Si le ciel, déjà guide de votre essor,
» A permis ces propos que nul songe ne présagea
» A mon âme sans crainte et trahit ses desseins ainsi,
» Je vous crois. Mais du moins modérez ces transports nuisibles,
» Et, pour plaire, de Mars dépouillez la brutale morgue.
» La franchise aime peu le clinquant qui l'orgueil chamarre,
» Mais aux formes polies et plus douces n'est point contraire.
» Songez-y dès l'instant et ma mère agréra vos vœux. »

Cependant, du matin déchirant la brumeuse robe,
Le Soleil dans le Ciel dirigeait ses coursiers de feu ;
Au timon de son char un flambeau dans sa main levée
Se tenait le Réveil, lui montrant la brûlante lice,
Et déjà des chemins les sabots martelaient la poudre.
Les marmots, de la veille à nouveau reprenant les jeux,
Bousculant et criant comme autant d'effrontés moineaux
Sur les routes sortaient du regard maternel suivis.
Or advint que l'un d'eux (tant de choses permet cet âge)
De parents peu soigneux dérobant à l'attention
Ses desseins criminels, d'une étable poussa la porte.
Un chevreau y gîtait, autre peine d'une autre mère,
Blanc, léger, vif, alerte, indocile, vrai faon de bique,
Que nul nœud ne retient, qui n'a crainte de nul danger.
Le bambin court à lui ; et de l'anneau qui l'enchaîne au mur

Dégage la clavette, et lui donne la liberté.
L'autre bêlant, broutant, sur ses pattes se dresse raide,
Et présente son front, prêt à fondre d'un bond malin.
Mais sentant qu'à l'instant nul lien ne lui fait obstacle,
Il s'élance ; en sa course il soulève sa paille sale
Et plus prompt disparaît à travers les jardins ouverts.
Or l'affreuse Discorde épiait d'un regard jaloux
Les paisibles propos qu'échangeaient nos deux porte-dard.
« Quoi ! ces gents ennemies, pensait-elle en grinçant des dents,
» Sur la foi d'un serment que l'Amour sans scrupule accepte,
» Vont s'unir ! et larcins et rapines, combats et meurtres
» Et l'horreur que Bellône en les camps autour d'elle sème,
» Tout s'éteint ! Leurs travaux protégés d'un commun accord
» D'un miel plus savoureux rempliront leurs rayons dorés !
» Et les hommes, suivant cet exemple pernicieux,
» De mon culte maudit détruiront les autels déserts !
» Et la Paix règnera ! Non, non, que la Guerre soit ! »
A ces mots du biquet saisissant la traînante corde,
Elle pousse ses bonds aux parterres que Flore émaille,
Et, docile en sa main, le bandit cabriole et saute,
Saccageant sans pitié les carrés où les fleurs sourient,
Et du lys tout à coup où naissait leur amour naguères,
Rompt la tige. Du choc, les corolles, les feuilles tombent,
Sur le sol parfumé ne font plus qu'un mélange affreux
Où notre amant surpris, sur l'abeille précipité,
Lui enfonce son dard où des pattes les joints se nouent.
Sort cruel ! qui vers nous lorsqu'enfin le bonheur se tourne
De ses doigts envieux lui déchire ses frêles ailes !
Quand du trouble subit le désordre s'évanouit,
Du forfait non voulu éclata la sanglante horreur,
Et déjà vers le Styx, butinant l'immortelle d'or,
De l'insecte immolé s'enfuyaient les esprits tremblants.
Myaphonte du sein de l'amante qu'un même jour

Et lui donne et lui prend, consterné, sans penser, sans voix,
Dégage l'aiguillon, et l'avette entrouvrant ses yeux,
Le regarde et l'absout, se soulève, retombe et meurt.
Du guerrier insensible à la rage de Mars blessé
De ses traits meurtriers Cupidon empoisonne l'âme,
Et les pâles Douleurs se jetant sur cette autre proie,
Dans ses membres glacés font trembler l'hésitante vie.
Il s'approche du corps, il en pousse une patte inerte,
Et la patte docile à son choc ne résiste plus.
De ses yeux attendris les facettes de pleurs se voilent,
Dans son sein suffoqué de ses plaintes tumultueuses
Hoquètent les sanglots. « Détestable destin, fait-il,
« O cruelle Fortune, à tes jeux quel sera le frein ?
» N'est-ce assez des combats où portant ses ciseaux aveugles
» Sous ton guide Atropos de nos jours va fixer le terme,
» Te faut-il même encor ajouter ces obscurs triomphes
» Où sans gloire et sans cris par derrière la Mort nous frappe ?
» Que ton ombre du moins, blonde abeille, me soit clémente ;
» Et des bords du Cocyte où tu dors ton dernier sommeil,
» Sur moi lève des yeux qui ne brûlent d'aucune haine !
» O pardonne, pardonne ! à mon cœur est ce coup plus dur :
» Je t'aimais et je perds mon bonheur, mon espoir, mon rêve
» Te perdant, fière avette. » A ces mots que son deuil suspend,
Son regard s'obscurcit, soudain l'ombre sur lui s'amasse,
Il soupire et bégaye, il se trouble, chancelle et tombe.

Un léger papillon du matin dont la brise tiède
Au-dessus des carrés dirigeait l'inconstant essor,
Aperçut par hasard le désastre du haut des airs.
Et brillant messager en porta la nouvelle affreuse
Au rucher. Des essaims il avise les sentinelles,
Et ses ailes pliant, éloigné d'un écart prudent,
Sur un arbre posté, devant lui s'étendant l'espace,

Il leur dit qu'ici près de la reine il a vu la fille
Etendue au milieu d'un amas de pétales blancs,
Que couvrait tristement un linceul déchiré de feuilles,
Comme si quelqu'Eurus déchaînant un subit orage
Eût soudain aux jardins fait voler la destruction.
Une horrible blessure ensanglante son sein béant ;
Une guêpe est auprès, de ce crime sans doute auteur,
Dans un même trépas par de justes arrêts poussée.
A ces mots on l'entoure, on s'informe, on s'étonne, on gronde,
Quelques-uns plus savants déjà crient à la trahison,
Et dûment exaltée et de force détails pourvue
Par la prompte rumeur de l'affaire est la reine instruite.
Elle apprend, elle sort et sous l'œil attristé des gardes,
Indécise elle vole et revient dans le même temps ;
Le chagrin qui l'emplit de projets ébauchés, laissés
Et repris à l'instant embarrasse de sa prudence
L'inutile concours. Une guêpe qu'un sort barbare
Amenait en ces lieux, des soldats réclamant vengeance
Lors est vue. Après elle on s'encourt, on lui cherche noise,
La querelle et l'attaque et sans plus de procès la tue.
O ! pourquoi de la foule aux instincts emportés livrée
Sommes-nous les jouets en dépit des plus sains efforts ?
Si semblable au torrent dont les ondes tumultueuses
Sur ses bords tourmentés font rouler et tempête et mort ;
Si lui-même entassant les débris des forêts détruites,
A ses rages oppose une digue par lui formée,
Pourquoi donc nos conseils ne seraient ces granits dressés
Qui les font dévier ? mais les sages conseils honnis
Se résignent muets où la foule maîtresse règne.

En voyant les excès par la ruche en courroux commis,
La Discorde sourit et d'une aile légère et sûre
Elle part vers Sphécie où des Guêpes se tient la reine.

Dans le creux d'un vallon et non loin d'un ruisseau limpide
Dont les eaux vont porter la fraîcheur à ses habitants,
Sous le sol d'un talus des Vespides s'étend la ville.
A ses sombres réduits donne accès une seule porte ;
A son poste fidèle un soldat de son corps la barre
Et ne laisse aux rayons pénéter que les seules Guêpes
Ou certains commensaux dont les crimes leur sont cachés.
Or d'un noir staphylin, cette race est aux Guêpes chère,
La Discorde revêt et le casque et le corselet,
Et d'un pas tortueux s'approchant du guerrier ailé :
« Vigilant gardien des palais où Vespa repose,
» Toi dont l'ouïe attentive à l'approche du bruit s'alarme,
» Va du vol la plus prompt dire à ta malheureuse reine
» Que l'Apide sans foi sur les fleurs ses enfants immole ;
» Que d'un noir staphylin tu en tiens le sinistre avis
» Et que si Sa Grandeur veut l'entendre, il lui parlera.
» Va. »
          Il dit. A ces mots le guerrier sur ses pattes tourne
Et reporte au guêpier le message artificieux.
Il dit qu'un étranger d'une noire cuirasse armé
Leur transmet la nouvelle ; à la porte il attend du reste
Et l'on peut par sa voix s'assurer de ce fait probable.
D'une sourde rumeur les rayons irrités bourdonnent ;
L'on déserte la tâche, on s'assemble, un conseil se forme,
On concerte, on discute, on querelle et d'un premier feu
Quand s'apaise l'ardeur, ainsi parle la reine émue :
« Nobles sœurs, qu'à ma cause une même infortune unit,
» A de sages pensers si vos sens ne sont point fermés,
» Daignez sur mon avis réfléchir sans emportement.
» Une affreuse nouvelle, apportée on ne sait par qui
» Ni dans quel intérêt, parmi nous tout à coup éclate,
» Et de nos chers travaux bouleverse le cours surpris.
» Mais pourquoi s'alarmer sur un dire que rien ne prouve ?

» Et pourquoi ne vouloir s'informer ni se mettre en quête ?
» Un malheur à sa suite en raccole toujours tant d'autres
» Que le temps d'aviser en ce cas n'est jamais trop long.
» Qu'on envoie à la porte et ramène cet étranger,
» Qu'on empierge sa foi dans les fils de nos questions,
» Qu'on s'assure d'un fait que l'époque ne justifie,
» Et malgré ses détours toute la vérité luira. »
Elle dit, et l'insecte au conseil est sitôt conduit.
« D'où viens-tu ? lui demande une Guêpe au regard altier,
» Et comment prouves-tu ce qu'un garde pour toi rapporte ? »
Le perfide animal par ces mots attristés répond :
« Peu de mots suffiront pour convaincre vos défiances.
» D'un jardin je marchais dans les sentes ensoleillées,
» Sous les touffes cherchant la victime quotidienne
» Qu'à nos sanglants repas le Destin prévoyant dévoue ;
» D'une pierre déjà je scrutais le pesant asile,
» Par les airs obscurcis quand soudain l'ouragan se rue.
» Je m'enfonce dans l'ombre et j'attends de terreur glacé.
» Mais le calme renaît et je sors tout tremblant encore.
» De boutons et de fleurs et de feuilles le sol jonché
» Des colères du Ciel attestait les subites rages.
» Or parmi cet amas une abeille gisait blessée,
» Ses soins lui prodiguant auprès d'elle une guêpe était ;
» J'approchai, (crime affreux dont l'horreur jusqu'à vous me pousse !)
» Lors je vis cet apide épiant un propice instant
» Dans un suprême effort rassembler ses mourantes forces,
» Dégaîner l'aiguillon et plonger par un traître coup
» Le venin et la mort dans le ventre de votre fils.
» O Reine, il se débat, mais ses forces bientôt défaillent,
« Myaphonte n'est plus ! » Ce récit artificieux
Du guêpier consterné d'exciter les bruyants murmures.
On réclame vengeance et l'on crie à la perfidie :
« Jusqu'à quand ces essaims orgueilleux de leurs toits de paille,

» Règneront les jardins et s'arrogeront-ils le droit
» A la gent porte-dard d'imposer leurs funestes lois ?
» Si les hommes malins favorisent leurs doux labeurs,
» S'ensuit-il que des airs elles seules auront l'empire ?
» Et nous, guêpes ? sans trêve on nous chasse, nous traque et tue,
» Et n'était l'aiguillon dont nous arment les Dieux plus justes,
» Notre race du Styx hanterait désormais les bords.
» Que l'on coiffe le casque et revête le corselet ;
» C'est assez endurer d'insolences exaspérantes ;
» Qu'on aiguise les dards, qu'on y glisse un subtil venin
» Et d'une aile rapide à Cypsèle à l'instant qu'on vole. »
La Discorde à ce bruit sent son cœur tressaillir de joie
Et, du noir staphylin dépouillant l'enveloppe affreuse,
Des massacres prochains elle court avertir Caron.

Embouchant sa trompette en l'espace la Renommée
Publiait la querelle et les gents produisant le miel
Des abeilles venaient se ranger sous les étendards.
Dis-moi, Muse, le nombre et les noms de ces nations
Qu'un désir de vengeance assembla dans les prés troublés ;
Quels en furent les chefs et quels signes les distinguèrent.
De l'alarme déjà résonnaient les premiers appels
Que l'active Maçonne aspirant aux combats aimés,
De ses nobles enfants envoyait les cohortes sombres.
De velours est leur robe et leurs ailes dans l'air ne tracent
Qu'un sillon violet : ils écoutent Chalicodome.
Ils accourent : la ruche à l'approche de ce renfort
Non sitôt attendu de frémir d'un subit effroi.
Mais le chef par ces mots de leurs craintes contient le cours :
« C'est, ô Reine, en le deuil que la vraie amitié s'éprouve :
» De nos murs consternés vos sanglots ont frappé l'écho,
» Et nous sommes venus à vos pieds déposer nos armes
» Et de votre douleur réclamer notre triste part. »

Sur la libre tablette en silence au milieu des gardes,
Léélate s'avance et, baissant ses antennes brunes,
Par ce geste rend grâce aux Maçonnes au cœur guerrier.
Cependant par les airs déployant leurs grondantes ailes
Des Bourdons s'élevaient le courroux et les légions.
Tel du ciel quand l'Eurus accourant des confins brumeux
Par les champs accablés que consumme l'ardent Phébus
Chasse les bataillons des nuages au ventre noir ;
L'atmosphère étouffant d'un bruit sourd et profond mugit
Et d'un pâle soleil les ténèbres de la tempête
Nous dérobent aux yeux les derniers et cuisants rayons.
Des Apides ainsi dans l'espace s'étend l'armée.
A la tête des rangs se distingue la svelte Halycte :
Son écu est de sable et se meuble d'un clou d'argent.
Des chardons protecteurs délaissant l'épineux berceau,
Elle vient de son dard à Cypsèle apporter l'appui.
L'Anthophore la suit au pourpoint de longs poils garni,
Sa cuirasse est de bronze et sa jupe d'un noir acier ;
Un tronc vide, un vieux mur sont asiles qu'elle a quittés
Pour voler au secours du malheur qui l'appelle et pleure.
La troisième que Mars aux farouches combats prépare,
Est l'Osmie : à son casque elle ajoute deux cornes sombres
Qui répandent l'effroi dans le cœur de ses ennemis.
Des hoplites pesants que précèdent ces amazones
Se déroulent après les phalanges et les fanfares.
Les premiers dont Pallas vers Cypsèle a guidé l'essor,
Des parterres fleuris oubliant l'odorant espoir,
Se détachent au loin en anneaux d'or, d'argent, de sable.
Sur leurs lourds bataillons la puissante Céphène règne :
Ses soldats inquiets l'accompagnent dans l'air grondant,
Où s'arrête son vol la Victoire contient le sien.
Auprès d'elle et réglant sur ses ailes ses propres ailes,
Court Ronkhax : son corset, son haubert, ses jambards sont d'or,

Non de l'or que le Tage à nos yeux convoitants découvre
Et dont le fauve éclat nos cupides désirs fascine,
Mais de l'or que l'Hindou plus expert en savants mélanges,
Pour flatter nos regards à l'argent complaisant marie ;
Par la mousse abritées ses cités en mortier construites
Renferment ses enfants sous leurs dômes laborieux.
Solitaire et superbe, évitant d'approcher ses sœurs,
Dépliant son manteau qu'une large fourrure borde,
La sauvage Thérée au milieu des rocailles plane.
Ses rustiques soldats à de rudes travaux astreints
Sous le haume ont gardé le respect de la discipline
Et des rangs alignés le velours en l'espace ondule
De raies rouges zébré ; sous les pierres leurs nids s'assemblent.
Autour d'eux dispersés et soumis à leur seul caprice,
Dépourvus de bagage et des corps surveillant les flancs,
Tirailleurs inquiets que l'appât du butin attache,
Vont et viennent soigneux les Nomades et les Mélectes.
Sur leur front est Psithyre, ardent preux à la tête courte ;
Du pollen des jardins ne se chargent jamais ses tarses,
Mais il puise sans honte aux réserves d'aveugles frères.
Planomène le suit ; sa cuirasse de fer poli,
Autre écu à revoir, que divisent des fasces d'or,
Est de gueule et d'argent, ce que l'art des hérauts réprouve.
Derrière eux plus tardifs et portant d'un pénible effort
Les pesants vêtements dont la masse leur marche accable,
Amblytate et Rathyme imposants et plus craints se traînent.
Sur leurs tarses fourchés les Andrennes au vol rapide
Se pressent. Leurs clairons de tumulte les airs emplissent ;
Leurs essaims agressifs se répandent sur les parterres
Et d'un bras incertain l'impuissant jardinier éloigne
De la robe de Flore et ces troupes et leurs menaces.
A la horde indocile en ces termes s'adresse Ascole :
« Quel spectacle affligeant à nos sœurs vos désordres donnent !

» A vos sœurs qu'une Reine à ses lois sans débat soumet.
» Vos secours désunis lui seront qu'un bien faible appoint
» Si nul chef ne se fait de votre indépendance entendre,
» Sous un sceptre approuvé ne rassemble vos corps épars.
» Pour vos prompts ennemis de vos rangs la confusion
» Est un gage cherché de victoire et pour vous de honte.
» Unissez vos efforts, vos drapeaux seront chers aux Dieux. »
La cohue à ces mots d'entourer l'orateur plus sage ;
On l'accuse, il répond ; on discute, on pérore, on jure,
La querelle s'échauffe et les dards menaçants se lèvent ;
La colère bouillonne en le cœur de ces amazones
Et d'un vol inquiet elles fendent les airs troublés,
Puis s'arrêtent, puis vont, de nouveau déployant leurs ailes.
Sans entendre, sans voir, indécises et furieuses,
Quand soudain sur leur dos de Vespa les casaques jaunes
Apparaissent. La Crainte, aussitôt resserrant leurs rangs,
Leur impose des chefs que l'amour de la liberté
A leurs cris refusait et, conduites par Ammophile,
De Cypsèle à leurs yeux se dessinent les dômes d'or.
Léélate à pas lents parcourait les remparts actifs,
Assignant aux soldats leur devoir et leur poste stricte,
Indiquant les défauts que son œil exercé voyait,
Refermant les chemins qui s'ouvraient d'un trop libre accès
Et s'offraient sans pudeur à l'audace de l'ennemi,
Inspectant les paillons qui enceignent les amples ruches,
Et chassant des réduits, où leur nombre est un embarras,
Les bourdons paresseux. Cependant des courriers rapides,
Au milieu de ces soins, de l'approche des Guêpes promptes
L'avertissent. Troublée, au sommet le plus haut montant,
Elle peut contempler de leurs troupes les légions
Dont les flots rutilants ont couvert d'un nuage d'or
Les parterres lointains. Auprès d'elle est Chalicodome
Dont la vue inquiète aux batailles habituée

Dans l'espace distingue et les armes et l'ennemi
Du plus loin qu'il attaque. A la reine silencieuse,
D'un rapide regard parcourant l'horizon hostile,
Parle enfin en ces mots la Maçonne à l'esprit guerrier :
« Des Andrennes, ô Reine, à nos ruches accourt la horde ;
» De leurs rangs turbulents Ammophile parait le chef :
» Sclérapère après lui d'agiter ses funèbres armes,
» Et Protoptère encor pour les suivre aux travaux de Mars
» Qui quitta les colzas dont son miel du nectar s'embaume.
» Leurs trainards querelleurs éparpillent au loin leurs dards,
» Que Vespa menaçante aux confins de l'espace vole. »
Léélate interrompt en ces termes la brune ailée :
« Que ton aile rapide, ô guerrière, au milieu des airs
» Te soulève, et, tournant de tes yeux les perçants miroirs,
» Me rapporte le nombre et les noms des tribus cruelles
» Qu'implacable Vespa contre Apis sans pitié déchaîne. »
Elle dit et l'abeille aussitôt écartant ses ailes,
Sur ses pattes se dresse et d'un bond au plus haut des airs
Elle plane ; plus bas et prudente la Reine suit.
« Leur armée est immense et remplit la campagne au loin ;
» Tels les soirs orageux quand Phébus de ses feux mourants
» Tout le ciel incendie et recouvre d'un voile d'or
» L'Occident embrasé nous masquant sa divine chute ;
» Tels sablant les jardins et les plaines qui les entourent
» Ces épais bataillons font briller le jaïet et l'or.
» Les frelons agressifs sur le front des colonnes volent,
» D'un mobile rempart en protègent les rangs compacts ;
» Mélarpax est leur chef dont les armes de rouille rouges
» Sont présentes partout surveillant ses soldats hardis.
» Par Centon secondé, tous deux couvrent les escadrons
» Des insectes méchants qui sur leur chaperon doré
» Incrustée en jaïet ont pour signe une hallebarde ;
» Ainsi se reconnaît la tribu des communes guêpes.

» Myaphonte devait leurs perfides essaims régner,
» Mais sans doute les Dieux en ont-ils autrement jugé :
» Mes yeux ne le voient point ; Ptérotome a repris sa place :
» Mère et reine, ses soins ont trompé de récents tourments.
» Derrière elles, formant des cohortes en nombre moindres,
» Paraissent les tribus dont l'Yvette sous ses ombrages
» Rafraîchit les travaux et protège les sombres nids :
» Leur corset est d'acier, bordé d'or est leur gorgerin.
» Plus loin volent ces gents dont les arbres gardant l'espoir
» Ont caché leurs essaims sous un dais de trompeuses feuilles.
» La Poliste les suit parsemant de besans dorés
» Ses écus au champ noir. L'Euménine s'en vient après :
» Son armet est oval et Isis de ses mandibules
» Abaissant les sommets, la munit d'un terrible rostre.
» Sur ses tarses légers, l'Odynère cornu se presse,
» Implacable ennemi des Maçonnes hantant les murs,
» De sa taille à nos coups l'élégance aisément l'indique.
» A des reines soumis ces insectes ne vivent point :
» Ils sont libres : eux seuls sont leur règle, leur loi, leur frein.
» Mais, ô Reine, Vespa, à ces corps ne limite point
» Son armée innombrable et mes yeux s'enfonçant dans l'air
» De nouveaux contingents me révèlent les bataillons.
» Elevez votre vol en ces lieux où le mien se fixe,
» Et voyez. N'est-ce pas les Sphégides aux ailes rousses,
» Les Sphégides cruels, la terreur des jardins tremblants ?
» Gryllonarce commande à leurs casques bordés de poils :
» Son armure est de jai, ses jambards sont munis de pointes.
» Camparpax l'accompagne : il couronne son front velu
» D'un cimier orgueilleux aux crins roux mélangés de blancs.
» La Melline les suit qui recherche les cochenilles ;
» Le Bembex Œstrophonte, épouvante des taons avides,
» D'un essor menaçant trace auprès les anneaux sonores ;
» Et ce Loup détesté qui pourchasse nos sœurs sans crainte

» Des bouquets odorants quand plongeant en le sein leurs lèvres
» Elles puisent en paix le nectar que la ruche attend,
» Il est là, cuirassé, secouant son haubert piqué.
» Le brillant Cerceris rayant d'or son écu de sable,
» L'Oxybèle portant des antennes brisées et courtes,
» Un puissant aiguillon sous son ventre effilé se glisse ;
» Le Pompile élégant d'Arachnée ennemi perfide
» Qui, marchant sur ses rêts en sa loge l'attaque et force ;
» Enfin, Reine, fermant et flanquant ces barbares troupes,
» Les Crabrons, ces bandits de l'espace terrifié,
» Assassins et pillards que redoutent les hommes même ;
» Un duvet argenté de leur bouche garnit les bords.
» C'est Vespa tout entier dont les ailes au loin reluisent ;
» C'est la guerre qui plane au-dessus des ruchers bruyants ;
» Il nous faut nous armer et bannir un nuisible effroi. »
Ainsi parle l'abeille, et, guidant aussitôt leur vol
Nos guerrières d'un trait redescendent plus inquiètes.

Cependant par les airs d'Adonis la divine amante
Nonchalante gagnait de Paphos les ombreux bosquets,
Quand un vol de frelons arrêta ses coursiers ailés.
La Déesse aussitôt sur le bord de son char se penche
Et des gents porte-dard aperçoit les phalanges jaunes.
Elle a peur et rougit, et fronçant ses sourcils arqués,
S'irrite : « Quoi ! dit-elle, oublieux des hommages dus
» Aux puissances du Ciel que révèrent les Faunes mêmes,
» Des insectes jaloux prétendront détourner ma course !
» Qui sont-ils ? Où vont-ils ? Quelle proie espérée attire
» Les efforts conjurés de ces mouches à Mars si chères ?
» Les confonde le Styx, leurs menaces et leurs querelles ! »
Mélarpax de Vénus écartait l'imprudente troupe :
Il entend ce serment dont le sûr aiguillon le blesse,
Prend son vol et du char tout tremblant sur le front se pose,

De ses yeux suppliants les facettes de pleurs se voilent :
« O Déesse, aux conseils qu'un trop juste courroux te dicte
» Ne te laisses aller, un insecte chétif t'en prie ;
» Et d'un œil plus clément considère son repentir.
» Ces guerrières tribus qu'un désir de vengeance mène
» N'ont point pour t'offenser détourné ton divin essor ;
» Une aveugle colère égara leurs aveugles ailes,
» Mais leur cœur consterné d'un oubli maladroit s'indigne
» Et voulant le parer dans le crime s'enlise plus.
» C'est Vespa tout confus qui vers toi sans délai m'envoie.
» Sois clémente, ô Déesse, et les Guêpes reconnaissantes
» D'un butin parfumé t'offriront les prémisses saintes. »
Il dit et d'Aphrodite à sa voix les sourcils se lissent,
Et pressant dans leur vol ses colombes effarouchées :
« Je fais droit à tes vœux, répond-elle ; craignez du moins
» Les funestes effets de son ressentiment prochain ;
» Car tantôt contre vous retournant vos perfides traits
» Vos discords châtieront votre orgueil de soldats brutaux.
» Va ; tes plaintes assez mon oreille ont importuné. »
Elle dit et tendant vers le parlementaire ailé
Son fouet impatient de son char le précipita.
La Discorde non loin de Vespa surveillait les troupes ;
La Déesse l'avise et d'un signe la fait venir.
« Ces insectes guerriers dont tu suis les cohortes jaunes,
» D'une insulte gratuite offensèrent l'Olympe en moi.
» S'ils arrêtent Vénus qui du père des Dieux est fille,
» Sous quel joug consenti leur audace se courbera,
» Minuscules Titans qui prétendent régner le monde ?
» Va du vol le plus prompt sur leurs rangs secouer tes torches ;
» De conseils superflus ton génie inventif se passe,
» Me vengeant, venge aussi les communs intérêts du Ciel. »
La Discorde à ces mots dans l'espace empesté s'élève
Et d'une aile rapide aux parterres tout saccagés

Où languit Myaphonte, elle pousse sa course ardente.

Maintenant il te faut empoigner les clairons de Mars
Et d'un cerne de sang, Muse aimable, outrager tes lèvres :
La bataille t'appelle, il est temps de coiffer le casque.
Les Andrennes déjà s'engouffraient dans les larges ruches
Que Centon furieux atteignait leurs tremblants derrières
Et d'un dard meurtrier terrassait la prudente Ascole.
Sclérapère sur lui de Cypsèle a fermé les portes,
Mais l'effroi que répand de ses ailes le grondement
Retient loin de ses traits les Abeilles d'horreur glacées,
Quand Psithyre, à ce bruit délaissant les rayons qu'il pille,
Fond soudain sur son dos et d'un dard imprévu le frappe.
Or tandis qu'au dedans les soldats tourbillonnent fous
Et les chefs indécis ne sont plus écoutés ni craints,
Que les uns à l'écart, résignés à mourir s'apprêtent,
Et les autres plus fiers ne réclament que le combat,
Des Vespides pressants aux murailles les troupes montent.
Chalidocome alors, pressentant un prochain danger
Et voyant que Vespa de ses hordes n'entoure point
Les remparts de Cypsèle, aux Maçonnes s'adresse ainsi :
« Il est temps, nobles sœurs, de chasser d'insolents barbares
» Que du vol éhonté sous nos murs a guidés l'envie.
» Il est temps : de Cypsèle est encore une porte libre
» Que bientôt leurs tribus vont garnir de leur nombre immense.
» Demeurer, c'est périr affamés, sans lutter, sans gloire,
» Et passer sous un joug que condamnent nos Républiques.
» Sortir, c'est sur le champ des batailles tenter la chance,
» C'est fixer l'ennemi, diviser ses flottantes forces
» Et d'un cercle de mort dégager nos remparts plus sûrs.
» Sortons donc et sachons nous vouer au salut de tous. »
Il dit et des moellons applaudissent les habitantes.
Elles sortent ; l'exemple enflammant d'une ardeur nouvelle

Les guerriers hésitants, dans les airs tout brillants d'espoir
Ils s'élancent ensuite et ne laissent aux ruches calmes
Que la Reine éplorée et sa plus vigilante escorte.
Aux confins des états où des toits s'arrondit la paille,
Croissent des arbrisseaux les gardant des fureurs d'Eole,
Et, quand l'ombre surprend l'imprudence des butineuses,
Leur donnant un abri jusqu'à l'heure où reluit l'Aurore ;
Là se tiennent les chefs, là s'assemblent nos amazones.
Le temps presse. Déjà de Bellone les cris éclatent,
L'Oxybèle paraît, éclairant des pays hostiles ;
On s'apprête, on s'ordonne, on assigne à chacun son poste ;
On divise en deux corps les Andrennes tumultueuses :
L'un de ces arbrisseaux gardera les réduits touffus,
Au courage trompé réservant un propice asile ;
L'autre à travers les airs déployant ses cohortes vives,
Par de fréquents assauts maintiendra l'adversaire au loin.
Et les ailes de bruire et, soufflant dans leurs fortes trompes,
Les Bombines grondants de lancer leurs appels de guerre.
C'était l'heure où Phébus se penchant sur ses blancs chevaux,
Vers les flots du Couchant reconduit leur brûlante course.
Camparpax le premier de l'Apide aperçoit l'armée ;
Ses guerriers rassemblés de leurs rangs inquiets l'entourent.
Ammophile d'abord à leurs coups implacables s'offre ;
Ils l'assaillent soudain ; il résiste à leurs chocs pressés,
Mais il va succomber quand la sombre Thérée accourt
Et d'un vol accablant le renverse du haut des nues,
Une Halycte l'achève. Enflammé d'un courroux ami
Astrophonte au combat plein de rage se précipite,
Et son dard meurtrier de victimes fournit l'Enfer ;
Ptérotome le suit ; cette Reine de faulx armée,
De débris palpitants de cuirasses, de pattes, d'ailes,
Remplit l'air gémissant : l'Epouvante conduit son vol.
Les Nomades en vain unissant leurs puissants efforts,

Des agiles guerriers ont tenté d'affronter le glaive ;
Amblytate blessé d'un combat malheureux s'enfuit
Et recherche un abri sous les herbes hospitalières ;
Son armure dorée à la Mort soustrait point Ronkhax,
Son esprit frémissant vers les rives du Styx s'envole.
Une avette inconnue attentive au milieu des rangs,
D'un regard curieux surveillait l'inégal combat :
Ptérotome a frappé Planomène et Rhathyme encore,
Et son dard tout sanglant va Céphène immoler aussi,
Quand tirant de son sein un long trait que ses soins cachaient,
Elle vise la Reine ; à ce geste la Reine tremble,
Dédaignant l'existence elle craint de mourir sans gloire,
Mais le trait part, siffle et la Guêpe expirante tombe.
Sous les voûtes du ciel la bataille se développe ;
Ce n'est qu'un tourbillon où vainqueurs et vaincus serrés,
Pêle-mêle au hasard en l'espace grondant se roulent,
Et Caron effrayé ne peut même de leurs piqûres
Préserver son visage et ses mains cramponnées aux rames.

Mais de quelles clameurs l'atmosphère est soudain troublée ?
Des enfants de l'Hybla la sagesse plus prévoyante
Aurait-elle tourné les barbares efforts des Guêpes ?
Nos combattants ailés dans la lutte surpris s'arrêtent ;
Déjà prêt à frapper ils retiennent le dard sorti,
Et rapide d'Apis s'arrachant aux puissantes griffes
Vespa rompt un combat qu'ébranlaient des destins contraires :
En son camp elle accourt. La rumeur en chemin l'instruit :
Un hostile parti profitant des guerriers désordres
S'est formé, du Cocyte évoquant Myaphonte errant.
Myaphonte, à ce nom que naguères l'espoir du trône
De prestige entourait, cher aux uns et maudit des autres,
De frémir les courroux, s'insurger les ambitions ;
On dispute, on menace, on défie, on s'attaque, on gronde,

Myaphonte parait et l'ardeur qui les enflammait,
Les arme tout à coup d'une haine plus grande encore.
Du plus loin qu'elles voient de son casque briller les marques,
Elles fondent sur lui et leurs dards à l'envi tirés
Dans la nuit des Enfers précipitent cent fois son âme.
Jupiter à la fin de leurs rages importuné,
Des buissons protecteurs fait sortir des guêpiers criards
Qui de l'aile et du bec abattant ces Pentésilées,
Les dispersent dans l'air ou les plongent dans l'Achéron.

# POÉSIE LYRIQUE

I

Ainsi donc tout s'éteint, tout s'évanouit,
Tout s'enfonce dans l'ombre, et, semblable aux flots,
Sur nos joies et nos deuils, sans laisser de trace
    Se referme l'ombre.

Les baisers dont a brui la discrète alcôve,
Les soupirs qu'étouffa l'oreiller brûlant,
Les émois éperdus, les cheveux défaits
    Et les joues en feu,

Qui d'un pied suppliant par la chambre fuirent ;
Les fragiles espoirs, les attentes tristes,
Les serments murmurés et des doux aveux
    L'aveuglante ivresse ;

Les beaux rêves d'amour déployant leurs ailes
Qui remontent aux Cieux où notre œil les suit,
Où notre œil quelquefois aperçoit le bout
    De leurs plumes d'or ;

Les discords turbulents, les chagrins boudeurs,
Les mots aigres, les cris, les sanglots, les larmes,
Les tempêtes enfin que l'Amour soulève
    Que Vénus apaise,

Dans la brume du Temps tout cela pâlit :
Souvenirs et regrets, et plaisirs et peines,
Quand le fil est coupé sont couchés ensemble
        Sous la même dalle.

Et l'Oubli qui bondit sur cette autre proie,
De ses ongles d'acier l'épitaphe arrache,
Recouvrant de lichens les plus fières lettres
        Qu'ils n'ont pu gratter.

Non ! Mais non ! Sur le seuil du tombeau béant
Une flamme s'arrête, une étoile brille
Que l'Enfer affamé de ses mains crochues
        Ne peut point atteindre.

Quand les sombres porteurs dans la fosse ouverte
Ont glissé sans retour le cercueil pesant ;
Quand le prêtre a gémi les prières sourdes
        De l'indifférence ;

Quand amis et parents s'écoulant sans ordre,
Par les rares chemins s'en revont muets,
Et, n'osant vers le trou détourner leurs yeux,
        Affairés se pressent ;

Quand la Nuit solitaire au devant des croix,
D'une immense pitié la poitrine pleine,
Les mains jointes, le front vers le sol penché
        S'agenouille et prie,

Des sépulcres alors une voix s'élève
Qui, parlant de pardon, sans regrets, sans plaintes,
Douce et calme, attendant les amis restés
        Vers les astres monte :

« Oubliez les tourments que la vie apporte,
Les espoirs écroulés, les désirs stériles ;
Feux follets que le vent dans son vol entraîne,
    Tout s'éteint, tout passe.

« De l'amour dans vos cœurs conservez la joie,
Car mourir à l'amour c'est deux fois mourir ;
Soyez doux et cléments, pardonnez aux autres,
    Vous ne mourrez pas. »

---

## II

Où sont ces jours fortunés que tes beaux yeux éclairaient,
Tes beaux yeux bleus où moins pur le Ciel baisait son image,
Tes yeux troublants que l'Amour à ses couleurs avait peints,
Où tes prunelles dardaient ainsi que deux diamants ?

Où sont ces rares instants qu'un Dieu cruel abrégeait,
Où nos baisers confondus disaient et viens et va-t-en ?
Dans la nuit sombre parfois glissant, muet et transi,
Je te guettais et, content, m'en retournais t'ayant vue.

Si doux était mon sommeil, pourquoi m'as-tu réveillé ?

De l'or de ta chevelure était ton front orgueilleux,
Des lys brillants de ton front tes blonds cheveux étaient fiers
Et leurs anneaux rutilants l'auréolaient de splendeur,
Sur leurs coussins délicats venaient s'ébattre les Rêves.

Ta lèvre était ce corail que l'Océan nous dérobe
Et dont les grains arrondis de tes timides compagnes,

Leur cou d'albâtre cerclant, rehaussent l'humble beauté ;
C'était la coupe enivrante où mes espoirs s'abreuvaient.

Si doux était mon sommeil, pourquoi m'as-tu réveillé ?

Ta voix avait la douceur du chant léger des oiseaux
Et quand tes notes dans l'air prenaient leur vol désiré,
Il me semblait que l'Eté dorait encor les moissons,
Et sous la neige moins lourde encor chantaient les cigales.

Quand de ton rire argentin soudain vibraient les fanfares,
Alors mon âme ravie était joyeuse à ta joie ;
Quand la tristesse accablante assombrissait ton regard,
Et d'amertume et de deuil mon cœur souffrant s'emplissait.

Si doux était mon sommeil, pourquoi m'as-tu réveillé ?

Mais de l'Amour ignoré les longs baisers attendus
Dessous ton cou renversé n'imprimaient point leurs brûlures ;
Tes yeux plus purs ne cherchaient que des amis de tes jeux
Et le sourire innocent plissait sans crainte ta lèvre.

Ces jours, ces jours trop heureux à tire d'aile ont passé,
Ton front si clair s'obscurcit, tes yeux limpides se voilent
Et des soupirs inconnus furtifs soulèvent la gaze
Dont le tissu délicat nous cache un sein frémissant.

Si doux était mon sommeil, pourquoi m'as-tu réveillé ?

Du moindre bruit inquiète, au frôlement d'une abeille
Surpris s'empourpre ton front, ta lèvre tremble d'émoi ;
Une hirondelle qui passe et jette en l'air ses appels
Des Rêves bleus effarouche et les concerts et les danses.

Où vont tes longues pensées ? Où tes regards plongent-ils ?
Quelle ombre autour de ton front sourit, s'approche et le baise ?
Que voient tes yeux éperdus qui de plaisir les ravit ?
Tu restes calme et sereine et tu frissonnes pourtant.

Si doux était mon sommeil, pourquoi m'as-tu réveillé ?

Quel livre tremble en ta main que d'autres rêves distraient ?
Sur quel feuillet tant relu pensif se penche ton front ?
Tu sembles lire et les mots sous ton regard s'éparpillent,
Pareils à ces flocons blancs que la rafale balaie.

Lis-tu ? Tu lèves tes yeux ; le livre échappe à tes doigts
Qui n'osent le retenir, et glisse, tombe et s'abat
De nul regret caressé devant tes pieds insensibles,
Comme un amant délaissé dont s'est le cœur détaché.

Si doux était mon sommeil, pourquoi m'as-tu réveillé ?

---

## III

Muse aux yeux de gaîté brillants,
Muse aux lèvres autant friponnes
Faites pour les grisants baisers,
Muse au chant gentiment moqueur,
Daigne entendre cet hymne.

Vive, alerte, coquette et simple,
Mouche d'or qui de fleur en fleur
Vole et prend son butin de miel,

Muse au chant gentiment troublant,
   Daigne entendre cet hymne.

Fraîche, douce, limpide et pure
Goutte d'eau que la calme Nuit
Verse au creux des dormants calices,
Muse au chant qui console et berce,
   Daigne entendre cet hymne.

Rêve bleu dont la claire brume
Flotte au gré de nos frêles vœux,
Douce et tendre, plaintive et grave,
Muse au chant qui caresse et pleure,
   Daigne entendre cet hymne.

---

## IV

Semblable à la vierge aux regards d'azur
Qu'un voile de lin en ses plis enserre
Et dont le front chaste en sa neuve ardeur
   S'incline aux baisers de l'Amour,

La douce Espérance à l'écart écoute
Le chant caressant qui frémit en elle ;
Son cœur tressaille et sa lèvre tremble :
   La voix la retient dans un rêve.

O ! si plus cléments les augustes Dieux
Qui règlent le sort, nous daignaient un jour
D'un juste désir exaucer les vœux,
   Le reste des ans à porter

Serait plus léger pour nos bras plus forts.
Mais las ! l'Espérance est un rêve d'or
De qui le brouillard sur nos plans brisés
    Toujours sans merci se déchire.

Non, non ! il demeure une Illusion :
Son luth séduisant nos douleurs endort,
Son charme nous berce en de longs espoirs,
    L'amour lui ravit ses baisers.

Quand seul en ses bras, les paupières closes,
Mon front s'abandonne, il surgit soudain
Autour de nous deux tant de choses douces
    Qu'aux heures où j'ose y penser

Son voile me couvre en ses plis encore,
Ma joue est brûlante à ses chauds baisers,
Son nom répété s'en revient plus cher
    Errer sur ma lèvre enflammée ;

Aveux et soupirs en mon sein murmurent,
Saint hymne qui vibre en ses profondeurs
Ainsi que l'écho d'un bonheur perdu
    Qu'on sait retrouver tôt ou tard.

Aimer, c'est voler sur le char des Fades,
Aux champs où Phœbé ses gazelles guide ;
Aimer, c'est attendre et souffrir sans plainte ;
    Aimer, c'est rêver pour bénir.

V

O Nuit, ô moments d'ivresse !
Aux plis de ta sombre écharpe
Combien de timides joies
    Se vont réfugier.

O Nuit, que de Rêves chers
Echappent soudain ton voile
Quand calme dans l'air s'élève
    Ton vol silencieux !

O Nuit, dans tes flancs bénis
Tu portes l'oubli des songes
De qui les paupières roses
    S'entr'ouvent sous tes doigts ;

Tu portes la solitude,
Tu portes l'espoir léger
Avec le bonheur fugace
    Que l'Aube fait pâlir ;

Tu portes le char des Fades,
Tu portes le Sylphe ailé,
Tu portes l'amour tremblant,
    O Nuit, tu portes tout !

## VI

Amours perdus, bouquets flétris
Dont le parfum toujours mourant
Embaume encor les souvenirs
    Des joies envolées.

Chansons légères et tout bas,
Tout bas redites comme si
C'était un crime impardonnable
    D'aimer les entendre.

Amours perdus, palais croûlés,
Illusions d'un soir d'été
Où les étoiles sur nos rêves
    Allument leurs feux ;

Bruissement des harpes saintes
Que font frémir les doigts des Fades
Et dont plus triste de nos âmes
    Tressaille l'écho.

Amours perdus, sanglots d'aveux,
Brûlure de baisers donnés,
Troublants émois évanouis
    Qui bercent nos songes,

Silence amer, douleur sans larmes
Qui serre nos affections,
Et mornes dans nos deuils muets
    Nous laisse tomber.

## VII

Lorsqu'on a vingt ans tout est poésie ;
La Nature entière aux chastes baisers
De cet âge, hélas ! qui dure si peu,
    Souriante s'abandonne.

Lorsqu'on a vingt ans les rêves bénis
Sur nos fronts pensifs entr'ouvrent leurs ailes
Et de doux frissons le trouble apportant
    Font frémir notre ignorance.

Et chansons d'amour aux nymphes qui passent
Comme un hymne saint égrènent leurs notes,
Suppliant, pleurant, parlant de douleurs
    Qu'on ne sait encor souffrir.

Sous ses pas légers fleuronnent les bois,
Les bosquets obscurs s'éclairent soudain,
Les pinsons bavards de trilles étouffent
    Les aveux qu'on n'ose faire.

On est fier d'un cœur d'amour pour l'emplir,
Mais la coupe vite est pleine et déborde
Et ce sont des pleurs qui gouttent à terre,
    Que la terre ne boit point !

## VIII

La nuit était obscure et glacée
Et de l'Autan les meutes hurlantes
D'horreur et de clameurs emplissaient
Des airs les plaines épouvantées ;

Mais aux fureurs du ciel insensible
Et dédaigneux des rages des vents,
Transi, glissant dans l'ombre, j'allais,
Fidèle, sur la route l'attendre.

Les Heures qu'emportait la tourmente
Se dispersaient d'une aile éperdue,
Et, las ! de ma Mignonne craintive
Le pas ne frappait point mon oreille.

Que l'ouragan s'irrite et s'acharne,
Que la tempête monte des gouffres
Où l'Achéron contient ses colères,
Qu'en le Chaos le monde s'abîme,

Ainsi qu'un roc d'écume blanchi
Qui voit rouler le long de ses flancs
L'opiniâtre audace des flots,
A tant d'assauts résiste l'Amour.

Mais la tempête, enfin épuisée,
Languit, se lasse, hésite et s'apaise
Et dans le calme encor frémissant
Un timbre au loin martèle neuf coups.

Et ces neuf coups qui crèvent la nue
Tressaillent dans mon cœur consterné
Comme le glas de tristes amours,
Neuf fois le poignardant sans merci.

Et dans la nuit voilant mon chagrin,
Je repartis muet, solitaire,
Croyant toujours la voir et l'entendre ;
Je m'arrêtais, les vents se taisaient.

---

## IX

Prends ton rebec, ménestrel déchu,
Et sur ses cordes encor vibrantes
Pose ces doigts maintenant raidis
Dont Cupidon dirigeait la course.

Prends ton archet dont le crin flottant
Fouette d'un trait sans audace et faible
L'âpre boyau qui d'un ton pleurard
Grince et miaule en l'espace vide.

Chante ton cœur que l'Amour cruel
Brûle d'un feu que l'espoir dédaigne,
Lente torture qui tord tes chairs,
Sèche tes pleurs en tes yeux débiles.

Rêve tes rêves sans lendemain
Brumes stériles où tremble l'âme
Pauvre et souffrante, amant
Qu'elle repousse et que fuit sa grâce ;

· Prie et supplie, agenouille-toi,
Courbe tes reins, avilis ta tête,
     Sois plus soumis et plus humble encor
Pour mériter son regard qu'ailleurs elle offre.


II


Pourquoi pleurer ? Pourquoi supplier ?
Qu'accuses-tu des Dieux implacables
Dont les regards ne peuvent trouver
D'où montent tant de cris, de prières ?
Des Dieux qui ne connaissent pas même
Sur quelle part infime du monde
L'atôme de ton être est tombé ?
Crois-tu que ta misère hurlante
Des Parques retiendra les arrêts
Et sur l'inexorable quenouille
Ramènera le fil échappé ?

Cesse tes plaintes ; l'écho des Cieux
Tremble aux colères des Immortels ;
Car de la brise qui légère frôle
Des dociles gramens le front incliné,
L'humble souffle en vain presse le chêne impassible.
     Qu'il te souvienne plutôt des chants
     Tristes et graves qu'un Barde un jour
     Sur son rebec modulait sans honte,
Se vengeant par des vers des lenteurs de l'âge
Qui d'un roi le frustraient des aumônes chères.
La Victoire n'est point la Déesse vaine
Qu'un caprice poursuit, qu'un caprice donne ;
Elle veut des efforts, des efforts constants,
Et, maitresse sévère, elle livre enfin,

Après bien des combats ses brûlantes lèvres,
Etalant sans pitié sous les yeux du lâche
Des trésors refusés à sa lâcheté.

    D'un pas pesant il traînait ses pleurs
    Tandis qu'encor des coursiers royaux
    L'enveloppait la poussière sainte ;
    Alors sa voix tressaillit dans l'air :


III

*strophe*

Est-il loin ce héros que mes yeux trop faibles
Sur la place déserte ont en vain cherché ?
De bruyantes clameurs emplissaient ces lieux
Mais quand je suis venu tout s'est soudain calmé
    Et dans le lointain tremblant
    Ces mêmes clameurs s'éteignent !
Pourtant que vois-je éblouissant de splendeur,
D'éclairs de fer les côtes sont sillonnées
Et les clairons font retentir leurs fanfares,
Jetant leurs défis aux échos éperdus
    Qui les répètent aux échos ?


*antistrophe*

    L'Aube frileuse en l'espace monte,
    L'ombre frissonne et les nids timides
    Ouvrent leurs yeux alourdis encore :
C'est l'Aube, c'est l'Aurore et le Matin qui reviennent ;
    L'astre du jour sur la plaine immense
    Lance son char tout blanchi d'écume,
    Et toi, paresseuse, au lit tu t'attardes ?
    Mais tes murs sont-ils sans voix
    Et ta porte est-elle sourde,
    Ou ma voix dans mon gosier

Sans écho s'arrête-t-elle ?
Et ta porte sous ma main
Sans contrainte bâille et s'ouvre
Et sur ta couche veuve est le Silence couché.

*strophe*

Et semblable à Hésus dont la lance d'or
Sur les camps resplendit de massacres ivre,
Il s'avance, ce roi que chérit la Gloire,
Qu'entourent ses guerriers d'une fidèle escorte.
Pourquoi me faut-il rester,
Le voir sans le suivre encore ?
L'hiver cruel a de mes pieds enchaîné
L'ardeur passée et pour suivre cet astre
Je n'ai gardé que les appels de ces chants
Qu'un barde bégaie en sa barbe de neige
Et qui n'arrêtent plus ce roi !

*antistrophe*

Pousse la porte et ta main tremblante
Tire ce voile où veillant ta belle
Cache sa joie et ses doux caprices,
Riant de tout son cœur aux longs sanglots qui t'étranglent ;
Qui te retient ? à quel charme adroit...?
Triste est l'amant dont l'audace faut.
Vénus est craintive et Mars doit oser,
Ecarter ces lourds rideaux
C'est s'ouvrir l'azur des cieux,
C'est des Fades bienveillantes
Emprunter les ailes d'or
Pour voler et s'égarer
Aux pays ensoleillés
Où dansent et sourient les Espérances peureuses.

*strophe*

O ma harpe, peux-tu célébrer la gloire
Quand les temps de douleur sur mon front s'amassent,
Quand le ciel oublieux de mes chants s'irrite
Et sous le faix des ans anéantit mes prières ?
Mais non ! il m'entend ce roi,
Il ouvre sa main bénie
Et l'or jaillit comme une pluie attendue
Qui rend la vie aux champs brûlés par l'été.
C'est Lug qui vient, et Lug c'est l'air qu'on respire,
Le jour qui nous luit, c'est le feu qui brûle
Et toi, grand Luern, tu es son fils !

*antistrophe*

Chante, ô mon luth, ta cansone aimée,
Luth, que ce chant de mes tristes chants
Soit le dernier : ma Mignonne est morte,
Est morte à mon amour et la douleur sans pitié
Couvre mon front d'un funèbre crêpe !
Anges du Ciel qui bercez les rêves,
Pourtant montrez-vous pour elle moins durs
Epargnez à ses désirs
Des destins indifférents ;
Que charmés par sa beauté
Les regards longtemps la suivent ;
Et timide spectateur
Je serai dans mon oubli
Heureux de son bonheur, présent d'un autre plus digne.

## X

# Distiques :

Il te semble, Mignonne, en cornant ces feuillets épars
    Qu'un tendre amour a dans tes mains réunis,
Que des jours envolés les sourires encor t'enivrent
    Et les baisers encore brûlent tes lèvres.
La distance n'est rien quand mes vers déployant leurs ailes,
    Vers toi soumis sur l'heure prennent l'essor ;
Quand leurs mètres légers rappèlant tant de joies enfuies
    D'un cher passé vont soulever le rideau ;
C'est l'espoir qui frissonne en leurs pieds plus harmonieux,
    D'un jour plus pur leurs fictions resplendit ;
Dans ces mythes divers dont ma Muse aisément se berce,
    C'est l'Espérance en souveraine qui règne.
Que le Sort envieux de ses coups imprévus t'accable
    Et de ton ciel l'azur soudain s'obscurcisse ;
Que cerclant l'horizon de nuages amoncelés,
    Le Nord sur toi s'apprête à fondre avec rage,
Que l'espace oppressé dans son sein retenant la foudre,
    Halète, éclate et traîne au loin la tempête,
Ton regard moins craintif est en quête d'un pan de bleu
    Que l'ouragan aura peut-être oublié ;
De la nuit qui te ceint ton esprit s'épouvante peu,
    A ses terreurs il ne se livre jamais,
Sachant bien que tantôt de Phébus les rapides flèches
    De noirs Autans avaient rompu les cohortes,
Des orages ainsi devançant la fatale fin
    La Poésie en nous ranime nos forces ;
Le malheur déprimant sous son joug ne nous courbe point
    Si notre esprit devine sa déchéance.

Espérer, c'est renaître ; espérer, c'est la Poésie
    Qui de nectar emplit nos coupes tendues.
Cette fille du Ciel, nourricière des grands génies,
    Aux durs revers instruite, enseigne à combattre ;
Elle élève les cœurs et façonne aux prochaines luttes
    Montrant la Gloire au bout de l'âpre carrière.
Qu'un jaloux la conspue et d'inutilité la taxe,
    Son luth pas moins caresse sa vanité,
Et sa folle rigueur dont pour rien se ridait le front
    S'adoucit vite au doux parfum de l'encens.
Sur ses tables Clio vainement graverait des noms
    Si Calliope aussi ne les célébrait ;
Et plus d'un chérit Mars qui chérit encor plus la gloire
    Et fait l'aumône au barde obscur qui le chante.

# POÉSIE DRAMATIQUE

---

## L'Evêque Grégoire tente d'éloigner le jeune Mérovée du duc Gontran-Boson.

---

L'Evêque Grégoire.

Un prince doit savoir de ses amis faire un choix
Que le bon sens approuve et l'avenir justifie,
Et non de tout flatteur s'aller jeter dans les bras.
Ces gens au verbe haut, perdus de honte et de crimes,
Esclaves d'un pouvoir dont ils caressent les vices,
Prodigues de serments qu'aucun parjure n'arrête,
Vendant à tout le monde et leurs efforts et leur lame,
Avides, effrontés, insinuants et perfides,
Sont ceux qu'un prince adroit et soucieux de son rang,
Distingue, évite, éloigne et sans relâche pourchasse.

Mérovée.

Mais, père, où voulez-vous par ce discours aboutir ?

L'Evêque Grégoire.

Tais-toi, mon fils, tais-toi ; d'une morale maussade
Le Ciel me garde encor d'importuner tes oreilles :
Et je n'ignore pas que ses maximes sévères
De la jeunesse sont mal vues et mal entendues.
Mais revenons : un homme autour de toi papillonne,
De qui l'esprit plus souple aux exigences des temps
Sait sans effort plier et te flagorne sans cesse ;

Son inquiète audace en tes projets se faufile ;
Il suit tes pas dans l'ombre et t'accompagne au grand jour ;
Adulateur du Roi, mais instrument de la Reine,
C'est pour la Reine seule et qu'il travaille et qu'il souffre ;
Ses crimes impunis ont pour complice ce trône
Vers qui tu tends tes mains, que Dieu à d'autres destine,
Si d'autres confidents ne te ménagent ses grâces.
Qui parle le dernier a seul raison à ton sens
Et ta mémoire faible est toute ouverte à l'oubli ;
Se souvenir pour toi, c'est se charger de tourments,
Et tu ne saisis pas dans ton orgueil insensé
Ce que se souvenir parfois nous sauve d'embûches.
Théodebert, ton frère, ainsi que toi révolté,
Ne fut-il pas lâché, puis massacré sans honneur ?
Le soir de la bataille, un clerc obscur ramassa
Son corps défiguré qu'à sa pitié signalait
Ces longs cheveux flottants des rois qui sont la couronne,
Et quelques oripeaux tachés de sang et de boue,
Du fils de Chilpéric qu'il connaissait possédés.
Et qui crois-tu, qui donc a dénoncé la rumeur
Pour ce forfait affreux qui souleva tous les Francs ?
Il se disait aussi son protecteur et ami ;
Partout il le suivait, il avait soin de ses armes ;
Fidèle à ses festins, il paraissait s'y gorger ;
Il tendait sa coupe vide, il l'emplissait aussitôt
Et sa prudence lourde en la débauche roulait
Loquace et confiante. Ainsi de toi sera-t-il.
Le même qui tua Théodebert, te tuera ;
Cet homme est beau parleur, la vérité dans sa bouche
Dépouille son air dur, elle devient agréable ;
Le crime se revêt de non moins vives couleurs.
A ses conseils pervers ce fils de roi se soumet
Et le poison subtil que ta marâtre lui passe
En tes entrailles glisse et dans ta fosse te pousse.

MÉROVÉE.

Cet homme, c'est?...

L'ÉVÊQUE GRÉGOIRE.

Boson ; Boson qu'ici l'on rencontre
Suivant tes moindres pas ; Boson dont tous les échos
Racontent les forfaits et les plaisantes saillies ;
Boson, encor fumant du meurtre infâme du frère,
Qui prétend par pénitence aider au frère resté ;
Boson de qui le front d'un dévot masque est couvert,
Pour te livrer à Tours qui t'arracha de Poitiers ;
Boson, enfin, Boson que tu devais éviter
Est celui dont les avis de toi sont les bienvenus !
Ah ! Mérovée, ainsi nous hâtons-nous de nous perdre ;
De ceux qu'il a marqués le Ciel égare les sens.

# NOTES

#### 1.

Les expressions Métrique blanche, Prosodie blanche, Vers blancs seront
employées pour Métrique des vers sans rimes, Prosodie des vers sans rimes.
et Vers sans rimes.

#### 2.

La construction du mètre dit épique ne s'est pas faite, comme bien l'on pense,
du jour au lendemain. Ce n'est qu'après bien des tâtonnements que j'en ai
déterminé la formule. Telle que je la donne ici, elle me paraît satisfaire et à
l'oreille et aux exigences rhythmiques de notre langue.

Ce qui semblera singulier, de prime abord, c'est que j'adopte comme corres-
pondant à l'alexandrin ou grand vers, un système ne se composant que de cinq
pieds. Mais le pied usité dans ce genre étant l'anapeste, ou pied de trois syllabes, sur une simple réflexion, cette singularité disparaîtra ; ce vers n'est porté
ainsi que de douze syllabes à quatorze, et trois de plus l'auraient rendu lourd
et fatiguant.

Toutefois je dois reconnaître qu'une longue suite de ces vers est absolument
fastidieuse ; aussi, sentant ce défaut, ai-je été amené peu à peu à y introduire
des modifications accidentelles que du reste exige le mécanisme du français.
La règle, base de ces substitutions, est qu'un vers ne peut contenir moins de
cinq syllabes accentuées, ni plus de six ; une septième donne lieu à une exception dont il faut être très sobre, car l'allure du vers est profondément altérée.

Je fais de préférence porter les altérations sur le premier hémistiche ; le
second en offrira forcément moins puisque, sur les trois pieds qui le composent,
deux ont déjà une forme obligatoire ; l'altération du troisième ne sera que for-
tuite. La seule règle immédiate est que cinq brèves ne peuvent se suivre. C'est
une règle d'harmonie simplement ; le vide occasionné par l'absence de syllabe
accentuée donne au vers la sonorité courante de la prose, sans effet comme
sans contraste.

Les vers ainsi altérés se présenteront selon les formes suivantes :

C'est, abeille, mignonne, étrangère au corsage d'or....
L'idole qu'il foula....
Et sans soin de l'aveu laisse fuir ces charmants discours....
Blanc, léger, vif, alerte....
Et malgré ses détours toute la vérité luira...
Dans un suprême effort....
Croissent des arbrisseaux....

Je signalerai aussi deux vers modifiés par des spondées,

Et la Paix régnera ! Non, non ! que la guerre soit....
Mais le trait part, siffle et la Guêpe expirante tombe...

Dans ce cas j'applique la loi latine que deux brèves valent une longue, la brève qui suivrait le spondée ne pouvant que nuire à son effet.

3.

J'ai dit dans l'Exposé des Règles : 1° qu'il existe un accent interne dans le corps des mots. Voici des exemples, je les emploie surtout en fin de vers, c'en est toute trouvée en somme, cet accent secondaire se plaçant le plus souvent sur la pénultième,

....que Phébus, étranger si présomptueux
N'écoutant de conseils que ceux-là que la passion....
....et s'arrogeront-ils le droit

Les mots de cette catégorie sont ceux terminés par une diphtongue dissyllabe en i-on, i-eux, u-on, u-eux, etc., dont le premier membre est presque absorbé par le second ; et ceux dans le genre des futurs et des conditionnels qui contiennent un e muet entre la racine et le suffixe.

2° Que cet accent est placé sur la syllabe précédant une consonne redoublée. Ceci est vrai pour un grand nombre de mots, mais pas pour tous. En général cet accent existe dans les mots de plus de deux syllabes ; dans les mots de trois syllabes, il se trouve sur la première, et dans ceux de quatre, souvent sur la seconde et quelquefois sur la première.

Mais que cet appareil....

3° Un accent secondaire se met sur un préfixe,

Il prend peur, il s'irrite, il s'insurge en son impuissance....

4° Cet accent se place de lui-même sur la syllabe d'un mot qui ne le porterait pas en temps ordinaire

Je butine, il est vrai : mon butin dans nos alvéoles....

ou sur un monosyllabe à son plein, précédé immédiatement d'une ou deux muettes et suivi d'une brève ou de deux

Et l'Amour triomphant des barrières de nos cuirasses....
Dégage la clavette et lui donne la liberté....
Des abeilles venaient se ranger sous les étendards....

4

Je ne compte pas dans la mesure la muette qui termine souvent le vers, ni ne cherche à l'élider par une voyelle initiale au vers suivant. Par conséquent dans la lecture cette muette ne doit pas être prononcée. Je fais exception pour certains mètres lyriques où elle a et sa place et son importance, comme on le verra.

5

La prosodie blanche conçoit peu les mélanges de mètres dans le genre de ceux appelés vers libres. Elle demande une certaine unité métrique qui est sa parure. La vouloir trop briser, c'est se priver de son principal charme. Les mètres lyriques sont absolus et n'admettent aucune substitution. La liberté des combinaisons est assez grande pour qu'un auteur détermine lui-même la forme qui lui convient et s'y soumette sans martyriser la langue en vue d'effets plus ou moins artistiques.

Je ne ferai qu'indiquer à l'aide des notations usuelles les formes des vers et des strophes employées ; les césures seront marquées par une double barre.

**I**

⏑ ⏑ — | ⏑ ⏑ — ‖ ⏑ ⏑ — | ⏑ —
⏑ ⏑ — | ⏑ ⏑ — ‖ ⏑ ⏑ — | ⏑ —
⏑ ⏑ — | ⏑ ⏑ — ‖ ⏑ ⏑ — | ⏑ —
⏑ ⏑ — | ⏑ —

**II**

⏑ — | ⏑ — | ⏑ ⏑ — ‖ ⏑ — | ⏑ — | ⏑ ⏑ —
⏑ — | ⏑ — | ⏑ ⏑ — ‖ ⏑ — | ⏑ — | ⏑ ⏑ —
⏑ — | ⏑ — | ⏑ ⏑ — ‖ ⏑ — | ⏑ — | ⏑ ⏑ —
⏑ — | ⏑ — | ⏑ ⏑ — ‖ ⏑ — | ⏑ — | ⏑ ⏑ —

**III**

— ⏑ | — ⏑ ⏑ | — ⏑ | —
— ⏑ | — ⏑ ⏑ | — ⏑ | —
— ⏑ | — ⏑ ⏑ | — ⏑ | —
— ⏑ | — ⏑ ⏑ | — ⏑ | —
— ⏑ | — ⏑ ⏑ | — ⏑

ce sont des mètres latins, quatre glyconiques suivis d'un phérécratien.

**IV**

⏑ — | ⏑ ⏑ — ‖ ⏑ ⏑ — | ⏑ —
⏑ — | ⏑ ⏑ — ‖ ⏑ ⏑ — | ⏑ —
⏑ — | ⏑ ⏑ — ‖ ⏑ ⏑ — | ⏑ —
⏑ — | ⏑ ⏑ — | ⏑ ⏑ —

**V**

⏑ — | ⏑ ⏑ — | ⏑ —
⏑ — | ⏑ ⏑ — | ⏑ —
⏑ — | ⏑ ⏑ — | ⏑ —
⏑ — | ⏑ — | ⏑ —

**VI**

∪ — | ∪ — | ∪ — | ∪ —
∪ — | ∪ — | ∪ — | ∪ —
∪ — | ∪ — | ∪ — | ∪ —
∪ — | ∪ ∪ —

Cette forme de strophe comporte l'emploi de vers iambiques purs sans fin de vers.

**VII**

∪ ∪ — | ∪ — ‖ ∪ — | ∪ ∪ —
∪ ∪ — | ∪ — ‖ ∪ — | ∪ ∪ —
∪ ∪ — | ∪ — ‖ ∪ — | ∪ ∪ —
∪ — | ∪ — | ∪ —

**VIII**

∪ — | ∪ — | ∪ — | ∪ ∪ —
∪ — | ∪ — | ∪ — | ∪ ∪ —
∪ — | ∪ — | ∪ — | ∪ ∪ —
∪ — | ∪ — | ∪ — | ∪ ∪ —

Césure facultative après le second pied.

**IX**. Cette suite de pièces utilise les quatre modèles de pieds, dactyle et trochée, anapeste et iambe. Dans les vers où la brève finale du dernier pied est marquée, elle a son utilité, comme on pourra le constater. En lisant ces vers à haute voix, surtout la seconde strophe où les vers pairs commencent par des sons pleins, l'on se rendra mieux compte de la dureté résultant du choc de deux longues, dureté qui est atténuée par la présence d'une brève à la fin du deuxième vers.

— ∪ ∪ | — ∪ ∪ | — ∪ | —
— ∪ ∪ | — ∪ ∪ | — ∪ | — ∪
— ∪ ∪ | — ∪ ∪ | — ∪ | —
— ∪ ∪ | — ∪ ∪ | — ∪ | — ∪

∪ — | ∪ — | ∪ — | ∪ ∪ —
∪ — | ∪ — | ∪ — | ∪ ∪ —          etc

$$— \smile \smile \mid — \smile \smile \mid — \smile \mid —$$
$$— \smile \smile \mid — \smile \smile \mid — \smile \mid —$$
$$— \smile \smile \mid — \smile \smile \mid — \smile \mid —$$
$$\smile \smile — \mid \smile \smile — \parallel \smile — \mid \smile \smile —$$
$$— \smile \mid — \smile \mid — \parallel — \mid \smile \smile — \mid \smile \smile — \mid \smile$$

La césure dans ce vers est établie à la mode latine, c'est-à-dire au milieu d'un spondée. L'effet ici en peut être heureux, mais l'on avouera qu'en toute autre circonstance, il est pénible à l'oreille et partant peu gracieux.

$$— \smile \smile \mid — \smile \smile \mid — \smile —$$
$$— \smile \smile \mid — \smile \smile \mid — \smile —$$
$$— \smile \smile \mid — \smile \smile \mid — \smile —$$
$$\smile \smile — \mid \smile \smile — \parallel \smile \smile — \mid \smile —$$
$$\smile — \mid \smile — \parallel \smile \smile — \mid \smile —$$
$$\smile — \mid \smile — \mid \smile \smile — \mid \smile —$$
$$\smile — \mid \smile — \mid \smile \smile — \mid \smile —$$
$$\smile — \mid \smile — \mid \smile \smile — \mid \smile —$$

pour finir       neuf vers et

Strophe :

Elle a cette particularité qu'elle comporte un hexamètre ïambique pur et se termine par un tétramètre ïambique pur.

Antistrophe :

Les trois premiers vers débutent par des dactyles qui reviennent comme cinquième et sixième vers ; le reste ne se compose que d'ïambiques impurs. En général, comme la présence de l'article est une gêne pour régler tout pied initial de vers commençant par une longue, et aussi pour faire suivre deux ïambes ou deux trochées, je remplace la longue par une brève, l'ïambe et trochée donnent un pyrrhique ($\smile \smile$) et le dactyle un tribraque ($\smile \smile \smile$), et encore dans ce dernier cas me suis-je toujours efforcé que cette brève eût une sorte de demi-accent en terminant le vers précédent par une muette.

$$X \quad \smile \smile — \mid \smile \smile — \parallel \smile \smile — \mid \smile \smile — \mid \smile —$$
$$\smile — \mid \smile — \parallel \smile — \mid \smile — \mid \smile \smile —$$

Modèle suggéré par le distique latin. Comme celui-ci je m'astreins à y
enfermer un sens complet et n'y admets aucune substitution, sauf l'inévitable
pyrrhique.

6

Cette forme de vers s applique, dans ma pensée, non seulement au théâtre
mais à tout ce qui se parle ou a besoin d'un tour plus rapide ou plus libre,
par exemple l'épître et la satire. Ce n'est qu'une idée que j'émets ; je ne prétends pas à une règle et encore moins à une loi. Sa figure exacte est

$$\smile\ -\ |\ \smile\ -\ |\ \smile\ -\ \|\ \smile\ -\ |\ \smile\ -\ |\ \smile\ \smile\ -$$

Césure après le troisième pied ; sont invariables les troisième, cinquième et
sixième pieds.

Cinq pieds altèrent le vers dramatique : le pyrrhique, le trochée, le spondée,
le dactyle et l'anapeste. Comme pour le vers héroïque, je recommande peu les
substitutions du dactyle et de l'anapeste dans le second hémistiche parce que
ce membre de vers se trouverait compter huit syllabes et serait trop long par
rapport au premier. Et dans celui-ci j'évite l'emploi de deux pieds de trois
syllabes de suite. D'avantage nuisent à l'harmonie ; un vers où il entrerait trois
pieds de trois syllabes en plus du pied de chute, serait d'un effet désastreux
sous le rapport du rhythme, outre que le mécanisme de la langue ne permettrait
que difficilement d'y enfermer une pensée unique ; celle-ci serait ou trop ver-
beuse ou de trop d'étendue, c'est-à-dire que sa complication ne lui permettrait
pas de s'exprimer d'un seul trait, mais devrait s'achever sur le vers suivant.
Voici un exemple de ces pensées étendues :

> Celui qui met un frein à la fureur des flots
> Sait aussi des méchants arrêter les complots.

Cette pensée renferme deux images et il n'est guère possible de la renfermer
dans un seul vers. Remarquons en passant que le premier vers n'est composé
que d'ïambes et le second d'anapestes.

Du reste ces diverses altérations métriques du premier hémistiche se retrou-
vent dans tous nos bons auteurs, sauf l'addition d'une syllabe admise dans cette
prosodie.

Tel est, d'une façon courte et précise, tout l'exposé de cette méthode. Il est
certain que j'ai omis sciemment un certain nombre de choses, mais seulement
parce qu'elles découlaient de ces principes généraux. Si je les ai trouvées, il
n'y a pas de raison pour que d'autres ne les trouvent pas à leur tour pour peu

qu'ils prennent la peine de réfléchir, qu'ils aient du goût et l'oreille sensible. La poésie n'a jamais été que la langue d'une classe plus élevée de la société et c'est pour cette aristocratie que je trace ces lignes, persuadé que son mode d'éducation ainsi que son instruction la préparent mieux à recevoir ces leçons. Je ne nie pourtant pas que les classes inférieures n'aient le sentiment de la poésie, du vers, de la cadence, mais j'ai constaté aussi qu'elles s'en remettaient là-dessus à l'opinion de ceux qu'elles regardent comme leurs guides intellectuels. Enfin je sens qu'on m'objectera que je vise à la suppression de la rime. Je n'ai point une si folle prétention ; la rime est bien française, elle a son charme propre. Quelques contemporains veulent faire revivre l'assonnance ; je regarde cette idée plutôt comme un pas en arrière, puisque les Chansons de Geste ont commencé par là, tandis que le vers blanc en est un en avant puisque nul n'en a encore fait, fait de semblables à ceux-ci. Et puis, pourquoi les deux genres ne fraterniseraient-ils pas ? Ils le font bien en Angleterre et en Allemagne, et la littérature de ces deux pays ne s'en porte pas plus mal.